Gustave Flaubert

Un alma sencilla

Alberto López Sanjurjo

Gustave Flaubert - Un cœur simple

Traducción de Alberto López Sanjurjo

Depósito legal: 2025

ISBN: 978-2-493729-36-1

Un alma sencilla

I

Durante medio siglo, los burgueses de Pont-l'Evêque envidiaron a la Señora Aubain por tener una criada como Félicité.

Por cien francos al año, ella cocinaba y limpiaba la casa, cosía, lavaba, planchaba, sabía embridar un caballo, cebar aves de corral, batir la mantequilla y permaneció fiel a su ama quien, sin embargo, no era una persona amena.

Habíase desposado con un buen mozo sin fortuna, muerto a principios de 1809, dejándole dos hijos de corta edad y muchas deudas. Entonces, vendió sus inmuebles salvo la finca de Toucques y la de Geffosses cuyas rentas se elevaban a 5000 francos como mucho y dejó su casa de Saint-Melaine por otra menos dispendiosa que había pertenecido a sus antepasados y que estaba ubicada detrás del Mercado central.

Esta casa cuyo tejado era de pizarras, se encontraba entre un pasaje y una callejuela que daba al río. Adentro tenía desniveles que hacían que uno tropezara a menudo. Un estrecho vestíbulo separaba la cocina de la sala en la que siempre estaba la Señora Aubain, sentada en un sillón de paja junto a la ventana. Adosadas al revestimiento de la pared pintado de blanco, se encontraban alineadas ocho sillas de caoba. Un antiguo piano soportaba una pila piramidal de cajas y cartones debajo de un barómetro. Dos poltronas tapizadas estaban de ambos lados de la chimenea de mármol amarillo estilo Luis XV. En medio, el reloj de chimenea representaba un templo de Vesta; y toda la planta baja olía un poco a moho dado que se encontraba el piso más bajo que el jardín.

En el piso principal estaba primero el aposento de la "Señora", muy amplio, cuyas paredes estaban cubiertas de un papel de flores pálidas y en las que figuraba el retrato del "Señor" con traje de petimetre. Comunicaba con otra habitación más pequeña en la que se veía dos camas para niños, sin colchones. Luego un pasillo llevaba a un despacho; muchos libros y legajos llenaban los estantes de una biblioteca que extendíase a lo largo de tres paredes rodeando un ancho escritorio de madera negra. En cambio, no se veían los dos paneles disimulados tras unos dibujos con pluma, paisajes con gouache y grabados de Audran, recuerdos de un tiempo mejor y de un lujo desvanecido. En el segundo piso, alumbraba un tragaluz el cuarto de Félicité que tenía vistas a las praderas.

Se levantaba ella al amanecer para no faltar a misa y trabajaba sin parar hasta la noche; luego tras la cena, fregados los platos y bien cerrada la puerta, metía un leño bajo las cenizas y se dormía frente al hogar, el rosario en la mano. Cuando se trataba de las compras, nadie mostraba más empeño que ella en regatear. En cuanto a la limpieza, el pulido de las cacerolas causaba la desesperación de las otras criadas. Parca en los gastos, comía con lentitud y recogía las migajas del pan, un pan de doce libras, preparado y cocido expresamente para ella y que le duraba veinte días.

Todo el año, llevaba en la espalda un fular de indiana prendido con un alfiler, le tapaba el pelo un gorro y vestía con medias grises, enaguas rojas y por encima de su camisola, un delantal como él de las enfermeras que le cubría el pecho.

Era enjuta de rostro, y tenía una voz aguda. A los veinticinco años, parecía tener cuarenta. Y en cuanto tuvo cincuenta años, era como si no tuviera edad, siempre permanecía silenciosa, con el porte recto y los gestos comedidos; parecía una mujer de madera, un autómata.

II

Había tenido, como otras, su historia de amor.

Su padre, albañil, se había matado al caer de un andamio. Luego murió su madre y cada una de sus hermanas se fue por su lado. La recogió un finquero y hizo que trabajara, desde niña, guardando ganado en el campo. Vestida con harapos, tiritaba de frío, bebía el agua de las charcas estirada boca abajo, por cualquier cosa le pegaba y finalmente la despidió por un robo de un franco y medio que no había cometido.

Encontró colocación en otra finca y se convirtió en moza de corral y como les caía bien a los patronos, sus camaradas le envidiaban.

Una noche del mes de agosto (tenía en aquel entonces dieciocho años), la convencieron para que fuera a la feria de Colleville. De inmediato, con el jaleo de los violinistas, las luces en los árboles, el abigarramiento de los trajes, los encajes, las cruces doradas y esa multitud que al mismo tiempo saltaba, estuvo ella aturdida y estupefacta. Tímida, se había apartado de la gente cuando un joven de porte acaudalado y que fumaba con pipa, los codos encima del timón de un carro, vino a invitarla a bailar. Le ofreció sidra, café, torta, le regaló un fular e, imaginándose que lo adivinaba ella, se propuso dejarla hasta su casa. A orilla de un campo de avena, la echó hacia atrás brutalmente hasta caer. Ella tuvo miedo y se puso a gritar. Luego alejóse de ella el joven.

Otra noche, camino de Beaumont, quiso ella adelantar una carreta llena de heno que lentamente avanzaba y, al rozar las ruedas, reconoció ella a Théodore.

La abordó con aire tranquilo diciéndole que había que olvidarlo todo ya que "era culpa del alcohol".

No supo ella que contestar. Tenía ganas de huir.

De inmediato habló de las cosechas y de los notables del municipio pues, había abandonado su padre Colleville para instalarse en la finca de los Ecots de tal suerte que ahora eran vecinos.

-¡Ah!-dijo ella.

Agregó que querían colocarlo. Por lo demás, no estaba apurado y esperaba encontrar a una mujer a su gusto. Ella agachó la vista. Entonces le preguntó si pensaba ella casarse. Repuso sonriendo que no estaba bien burlarse de ella.

-Pero no ¡se lo juro!

Y con el brazo izquierdo, rodeó su cintura; caminaron enlazados y aminoraron el paso. Soplaba una brisa blanda, brillaban las estrellas y delante de ellos, se tambaleaba la abultada carretada de heno y los cuatro caballos, arrastrando los cascos, levantaban polvo. Y de pronto, doblaron a la derecha. Nuevamente la abrazó. Y desapareció ella en la sombra.

A la semana siguiente, Théodore obtuvo de ella varias citas.

Se encontraban en los rincones apartados de los patios, detrás de un muro, debajo de un árbol aislado. Ella no era inocente como las señoritas – los animales la habían instruido- pero la razón y el instinto del honor le impidieron cometer un desliz. Dicha resistencia exasperó el amor de Théodore de tal modo que para satisfacerlo (o quizá ingeniosamente) le propuso desposarla. Ella dudó en creerlo y él le hizo grandes promesas.

Pronto le confesó algo enojoso: el año pasado, habían comprado sus padres un derecho a sustituto militar pero se lo podían quitar de un día a otro; le aterrorizaba esa idea de servir la Patria.

Para Félicité, esa cobardía fue una muestra de ternura y se acrecentó la suya hacia él. De noche, se escapaba ella y al llegar a la cita, la atormentaba Théodore con sus inquietudes e insistencias.

Por último, le anunció a ella que iría él mismo a la Prefectura a recoger informaciones y la compartiría con ella el próximo domingo entre las once y las doce de la noche.

Llegado el momento, corrió ella hacia su novio.

En su lugar, encontró a uno de sus amigos.

Le informó que no debía ella volver a verlo. Por escapar al reclutamiento, Théodore se había casado con una mujer de edad muy rica, la Señora Lehoussais, de Toucques.

Fue una pena desordenada. Se tiró al suelo, pegó gritos, imploró a Dios y gimió sola en el campo hasta el amanecer. Luego volvió a la finca, declaró su intención de marcharse y al cabo de un mes, tras recibir su sueldo, metió todas sus pertenencias en un pañuelo y se fue a Pont-l'Evêque.

Frente al albergue, le hizo preguntas a una burguesa con capellina de viuda que en ese momento necesitaba una cocinera. La muchacha no sabía hacer muchas cosas pero parecía tener tanta buena voluntad y tan pocas exigencias que la Señora Aubain acabó diciendo:

-¡Pues, acepto!

Un cuarto de hora más tarde, se había instalado Félicité en casa de ella.

Al inicio, vivió en ella con una especie de espanto que le causaban "el estilo de la casa" y el recuerdo del "Señor" que lo invadía todo. Paul y Virginie, el uno con siete años de edad y la otra con apenas cuatro, les parecía educados de una manera afectada. Los llevaba a cuestas como si fuera ella un caballo y la Señora Aubain le prohibió que los besara a cada rato lo que la mortificó. Sin embargo, se sentía feliz. La mansedumbre del hogar había hecho que desapareciera su tristeza.

Cada jueves, unos visitantes habituales llegaban a casa para jugar una partida de Boston. Félicité preparaba con anticipación las cartas y las estufillas. Se presentaban a las ocho en punto y se iban antes de que el reloj de pared diese las once.

Cada lunes por la mañana, el chamarilero que vivía en una casa debajo de la avenida disponía sus objetos usados en el suelo. Luego se llenaba la ciudad de murmullos donde se confundían los relinchos de los caballos, los balidos de los corderos, los gruñidos de los chanchos con el ruido seco de los carretones de las calles. A eso de las doce, en el momento más concurrido del mercado aparecía un campesino viejo, alto, la gorra hacia atrás, la nariz aguileña, que se llamaba Robelin, el finquero de Geffosses. Un poco más tarde, llegaba Liébard, el finquero de Toucques, bajo de estatura, colorado y obeso que llevaba una chaqueta gris y polainas con espuelas.

Ambos deambulaban por el mercado ofreciendo al público gallinas o quesos. Invariablemente frustraba Félicité las intrigas de ellos y se marchaban llenos de consideración hacia ella.

En ciertos periodos del año, la señora Aubain recibía la visita del marqués de Gremanville, uno de sus tíos, arruinado por la crápula y que vivía en Falaise en su última parcela de tierra. Siempre se presentaba a la hora del almuerzo con un caniche horrible cuyas patas ensuciaban todos los muebles. A pesar de sus esfuerzos por parecerse a un gentilhombre hasta el punto de levantar el sombrero cada vez que decía "mi difunto padre", se dejaba llevar por la costumbre y no paraba de tomar, soltando palabras atrevidas. Y Félicité lo empujaba de manera educada hacia afuera:

-¡Ya ha tomado lo suficiente, Señor de Gremanville! ¡Hasta luego!

Y cerraba la puerta.

La abría con gusto cuando se trataba del señor Bourais, antiguo procurador judicial. Su corbata blanca y su calvicie, el cuello de su chorrera, su amplia levita parda, su manera de tomar rapé curvando el brazo, todo en él producía esa turbación inducida por el espectáculo de los hombres extraordinarios.

Como administraba las propiedades de la "Señora", se encerraba con ella durante horas en el despacho del "Señor" y siempre temía comprometerse. Respectaba muchísimo la magistratura y se vanagloriaba de hablar latín.

Con el objeto de instruir a los niños de una manera amena, les regaló un libro de geografía ilustrada. Representaban las imágenes diferentes escenas del mundo, unos antropófagos que llevaban plumas en el cabello, un mono que raptaba a una señorita, beduinos en el desierto y marineros que arponeaban una ballena, etc.

Paul le explicó a Félicité el significado de esos grabados. Y bien se podría decir que fue su única educación literaria.

La de los niños estaba a cargo de Guyot, un pobre diablo que trabajaba en la alcaldía, famoso por tener buena letra y que limpiaba la hoja de su navaja en sus botas.

Cuando clareaba, íbamos temprano a la finca de Geffosses. El patio estaba inclinado, en medio estaba la casa y el mar, en la lontananza, parecía una mancha gris.

Félicité sacaba del cenacho rodajas de carne fiambre y almorzábamos en un piso que seguía a la lechería. Ese lugar era la única parte que quedaba de una residencia secundaria que ya no existía. Con las corrientes de aire, se movía el papel de habitaciones que caía en pedazos. Agachaba la vista la señora Aubain, abrumada por los recuerdos; los niños no se atrevían a hablar.

-¡Pero jueguen! – decía ella.

 Y salieron pitando.

Paul se subía a la granja, cogía pájaros, hacía saltar las piedras en el agua o golpeaba con un palo los toneles que resonaban como tambores.

Virginie daba de comer a los conejos, se echaba a correr para recoger acianos y la velocidad de sus piernas dejaba sus calzones bordados al aire.

Una tarde de otoño, volvimos a casa pasando por los pastizales.

La luna que estaba en cuarto creciente iluminaba parte del cielo y flotaba la neblina tal como una bufanda por encima de las sinuosidades del río Toucques. Unos bueyes, tendidos en medio de la hierba, veían pasar con tranquilidad a esas cuatro personas. En el tercer pasto, algunos se levantaron y formaron un círculo delante de ellas.

-¡No tengan miedo! - dijo Félicité.

Y susurrando una especie de endecha popular, acarició ella el lomo de él que se encontraba más cerca y dio éste media vuelta, seguido de los demás. Pero tras cruzar el siguiente pastizal, se alzó un terrible bramido. Era un toro que ocultaba la neblina. Avanzó hacia las dos mujeres. La señora Aubain se disponía a correr.

-¡No! ¡No! ¡No tan de prisa!

Apretaban el paso y sin embargo oían por detrás un sonoro bufido que se acercaba. Sus pezuñas, parecidas a martillos, golpeaban la hierba de la pradera ¡Y ahora galopaba! Dio la vuelta Félicité y se puso a arrancar con las manos pedazos de tierra que le echaba a los ojos. Bajaba el hocico, sacudía los cuernos y temblaba enfurecido mugiendo de manera espantosa. La señora Aubain, que ya se encontraba con los dos niños en una de las extremidades del pastizal buscaba desesperadamente como salvar el montículo de tierra. Retrocedía continuamente Felicité ante el toro y no paraba de arrojarle terrones de tierra que le obstruía la vista a la par que gritaba ella:

-¡Apúrense! ¡Apúrense!

La señora Aubain fue bajando por la zanja, empujó a Virginie luego a Paul, se cayó varias veces al intentar subir el talud y a fuerza de coraje lo logró.

Había acorralado el toro a Félicité contra una empalizada y su baba le salpicaba la cara; un segundo más y la destripaba. Ella tuvo tiempo para colarse entre dos postes y para su sorpresa, se detuvo el enorme animal.

Durante años, dicho evento fue un tema de conversación en Pont-l'Evêque. Nunca se vanaglorió Felicité y ni se daba cuenta de que había hecho algo heroico.

Virginie le acaparaba todo el tiempo dado que tras el espanto, contrajo ella una afección nerviosa y el Señor Poupart, el médico, le aconsejó que tomara baños de mar en Trouville.

En aquel tiempo, poca gente los frecuentaba. Se informó la Señora Aubain, pidió consejos a Bourais e hizo ella los preparativos como si se tratara de un largo viaje.

La víspera vinieron a buscar los paquetes con la carreta de Liébard. Al día siguiente, trajo éste dos caballos, uno de ellos tenía una silla de mujer con respaldar de terciopelo; y en la grupa del segundo había una manta enrollada que formaba una especie de asiento. Montó a la grupa la Señora Aubain, Felicité se encargó de Virginie y Paul montó a horcajadas en el burro del Señor Lechaptois, prestado a condición de que tomaran gran cuidado de él.

En tan mal estado estaba la carretera que se dilataron dos horas para recorrer esos ocho kilómetros. Se hundían en el lodo los caballos hasta las cuartillas y hacían movimientos bruscos con las ancas para seguir avanzando o tropezaban con las rodadas; otras veces, tenían que dar brincos. En algunas partes, la yegua de Liébard se paraba repentinamente y esperaba con paciencia que volviera a andar y se ponía a hablar de las personas cuyas propiedades bordeaban el camino añadiendo a la historia de cada una de ellas reflexiones morales. Así, en medio de Toucques, al pasar por debajo de unas ventanas rodeadas de capuchinas, dijo encogiéndose de hombros:

- Ahí vive una señora, la Señora Lehoussais, quien en lugar de escoger a un hombre joven...

Félicité no oyó el resto; trotaban los caballos, galopaba el burro y todos enfilaron un sendero; se abrió una barrera, aparecieron dos muchachos y bajamos en el mismísimo umbral de la puerta cubierto de purín.

Al ver a su ama, la señora Liébard dio grandes muestras de alegría. Le sirvió un almuerzo en el que había solomillo, callos, morcilla, pollo en pepitoria, sidra espumosa, una tarta de manzanas y ciruelas bañadas en aguardiente y lo acompañó todo con cortesías dirigidas a la Señora que parecía mejor de salud, a la señorita ahora "guapísima", al Señor Paul que había "engordado" mucho sin olvidar a los difuntos abuelos a quienes los Liébard habían conocido por estar al servicio de la familia desde hacía varias generaciones. La finca tenía al igual que ellos una impronta de antigüedad. Estaban carcomidas las viguetas del techo, ennegrecidas las paredes por el humo y grises los cristales por el polvo. Un aparador de roble sostenía toda clase de utensilios, jarros, platos, escudillas de estaño, trampas para lobos, gruesas tijeras para esquilar carneros y una enorme jeringa que provocó la risa de los niños. No había un solo árbol de los tres corrales que no tuviera hongos a sus pies o una mata de muérdago en sus ramos. El viento había echado abajo varios de ellos. Habían vuelto a crecer por en medio y todos se inclinaban por la cantidad de manzanas que en ellos había. Los techos de paja que parecían terciopelo marrón y de desigual espesor resistían a las más fuertes borrascas. Sin embargo las carretas para las mieses estaban en ruinas. La Señora Aubain dijo que decidiría a su debido momento y mandó volver a enjaezar las monturas.

Faltaba media hora para llegar a Trouville. Se detuvo La pequeña caravana y todos nos apeamos para salvar Les Ecores, un acantilado que dominaba los barcos. Poco tiempo después, entramos en el patio de El Cordero de Oro, en casa de la señora David que se encontraba al final del muelle.

Desde los primeros días, con el cambio de aire y el efecto de los baños, se sintió menos débil Virginie. Los tomaba en camisa a falta de traje de baño y la criada la volvía a vestir en una caseta para uso de los bañadores.

Por la tarde, nos íbamos con el burro más allá del lugar llamado Les Roches-Noires, por Hennequeville. Al inicio, subía el sendero por entre tierras onduladas parecidas al césped de un parque y luego daba a una meseta en la que alternaban pastizales y tierras labradas. A orillas del camino enzarzado, erguíanse acebos. Aquí y allá, unos grandes árboles muertos dibujaban zigzag en el cielo azul con sus ramas.

Descansábamos casi siempre en un prado que daba a Deauville a la izquierda, a Le Havre a la derecha y al mar, enfrente. Lleno de sol brillaba el mar, liso como un espejo, tan suave que apenas se oía su murmullo; piaban unos gorriones escondidos y la inmensa bóveda celeste lo cubría todo. Sentada estaba la Señora Aubain con su labor de costura y al lado de ella, trenzaba juncos Virginie; por su parte, escardaba Félicité flores de lavanda mientras que Paul, aburrido, quería marcharse.

Otras veces, tras cruzar en barco el río Toucques, se ponían a buscar conchas. Con la marea baja, aparecían erizos y caracoles de mar así como medusas. Corrían los niños para agarrar copos de espuma que se llevaba el viento. Al caer en la arena, el oleaje, como dormido, se iba desplegando a lo largo de la playa. Se extendía ella hasta donde alcanza la vista pero del lado de la tierra, tenía por límite las dunas que la separaban de la Marisma, ancha pradera en forma de hipódromo. Cuando regresaban por ese camino, a lo lejos aparecía Trouville en la falda de la colina y a medida que avanzaban, se agrandaba la ciudad y con todas esas casas dispares, parecía desarrollarse la vida en un alegre desorden.

Cuando hacía demasiado calor, no salían de su cuarto. La deslumbrante claridad de afuera reflejaba intensos espacios de luz horizontales entre las láminas de las persianas. No había ningún ruido en el pueblo ni nadie en la acera. Ese silencio completo daba una impresión de mayor tranquilidad a las cosas. A lo lejos, los martillos de los calafates cerraban los intersticios de los cascos de los barcos y una pesada brisa llevaba hacia el pueblo ese olor a brea.

El principal entretenimiento era ver el regreso de las barcas. En cuanto habían pasado las balizas, empezaban a dar bordadas. Bajaban las velas los marineros hasta los dos tercios de los mástiles y una vez inflado el trinquete como un globo, avanzaban las embarcaciones contra las que chapoteaban las olas hasta llegar en medio del puerto y, de repente, caía el ancla. Atracaba la embarcación en el muelle y los marineros tiraban por encima del tablazón peces coleantes. Les esperaba una fila de carretillas y unas mujeres con gorros de algodón se precipitaban para coger las cestas y abrazar a sus maridos.

Un día, una de ellas abordó a Félicité, quien, poco tiempo después, entró muy alegre en el cuarto de dormir. Había encontrado a una hermana. Y apareció Nastasie Barette, esposa del señor Leroux, con un bebé contra el pecho, dando la mano derecha a otro niño y, a la izquierda, un niño más, vestido de grumete, los puños en la cadera y la boina inclinada cubriéndole la oreja.

Después de media hora, la señora Aubain le dijo que se fuera.

Siempre los encontrábamos a ellos no muy lejos de la cocina o en los paseos que dábamos. Nunca aparecía el marido.

Les cogió afección Félicité. Les compró una manta, unas camisas y un hornillo. No cabe duda de que la explotaban. Esa debilidad irritaba a la señora Aubain a la que, además, no le gustaban las familiaridades del sobrino – pues tuteaba a su hijo- y dado que tosía Virginie y que ya se acababa el buen tiempo, volvió a Pont-l'Evêque.

El señor Bourrais la aconsejó sobre la elección de un colegio. El de Caen pasaba por ser el mejor. Allí mandaron a Paul. El se despidió con decisión, satisfecho de ir a vivir en una casa en la que tendría compañeros.

La señora Aubain se conformó con el alejamiento de su hijo porque era algo indispensable y Virginie fue dejando de pensar en hacer lo mismo. Félicité echaba de menos la bulla pero vino a entretenerle una nueva ocupación. A partir de Navidad, llevó cada día a la niña a catequesis.

III

Tras hacer une genuflexión en el umbral de la puerta, avanzaba ella hacia la alta nave, entre la doble hilera de sillas, abría el paso que daba al banco de la señora Aubain, se sentaba y miraba alrededor suyo.

Los niños, a la derecha y las niñas, a la izquierda, llenaban los bancos del coro; el cura estaba de pie junto al facistol; en una vidriera del ábside, dominaba el Espíritu Santo a la Virgen. Otra la mostraba de rodillas delante del Niño Jesús, y detrás del tabernáculo, un grupo de madera representaba a San Miguel derribando al dragón.

Primero, el sacerdote hizo un compendio de la Historia Sagrada. Creía ella ver el paraíso, el diluvio, la torre de Babel, ciudades en llamas, pueblos que morían, ídolos derribados y guardó de semejante deslumbramiento el respeto por el Todopoderoso y el temor a su ira. Luego, lloró escuchando la pasión. ¿Por qué habían crucificado al que quería tanto a los niños, daba de comer a la gente, curaba a los ciegos y había querido nacer entre los pobres en el estiércol de un establo? La siembra, la mies, los lagares, todas esas cosas familiares de las que habla el Evangelio se hallaban en su vida, el paso de Dios los había santificado y les tomó ella más afecto a los corderos por amor al Cordero y a las palomas por el Espíritu Santo.

A ella le costaba imaginarse su persona ya que no era solo pájaro sino también fuego y otras veces, un respiro. A lo mejor su luz era la que revoloteaba por la noche a orillas de las ciénagas, su aliento el que empujaba las nubes y su voz la que hacía que el tañido de las campanas nos pareciera armonioso. Y permanecía ella en un estado de adoración, aprovechando el frescor de los muros y el sosiego de la iglesia.

En cuanto al dogma, no entendía nada al respecto y ni intentó comprender. Disertaba el cura, recitaban los niños y acababa ella por dormirse y, de súbito, despertaba cuando resonaba el ruido de las abarcas en el suelo enlosado.

De tanto oír las lecciones de catecismo así fue cómo ella lo aprendió; de niña, habían descuidado su educación religiosa y a partir de ese momento, imitó todas las prácticas de Virginie; al igual que ella, ayunaba y con ella se confesaba. Para el Corpus Christi, fabricaron juntas un altar de estación.

La primera comunión la atormentaba de antemano. Todo tenía que estar listo: los zapatos, el rosario, el libro y los guantes. ¡Cómo temblaba ella al ayudar a su madre a vestir a la niña!

Durante toda la misa, sintió angustia. El señor Bourais le tapaba un lado del coro pero justo enfrente, el rebaño de vírgenes que lucían blancas coronas encima de sus velos que les cubrían la cara formaba como un manto de nieve; y de lejos, reconocía a la niña de su alma por su cuello más fino y su actitud más recogida. Sonó la campana. Se inclinaron las cabezas; hubo un silencio. Al oír el estruendo del órgano, entonaron el Agnus Dei los chantres y la muchedumbre; luego empezó el desfile de los niños y después, se levantaron las niñas. Paso a paso y juntas las manos, iban hacia el altar iluminado de par en par, se arrodillaban en la primera grada, recibían sucesivamente la hostia y siguiendo el mismo orden, volvían al reclinatorio. Cuando le tocó a Virginie, se inclinó Félicité para verla y con la imaginación propiciada por la auténtica ternura, le pareció verse a través de ella; su cara se convertía en la suya, vestía su traje y latía el corazón de ella en su pecho. Al abrir la boca y al cerrar los ojos, estuvo a punto de desmayarse.

Al día siguiente, muy temprano, acudió a la sacristía para que el señor cura le diese la comunión. La recibió con devoción pero no disfrutó de los mismos placeres.

La señora Aubain quería hacer de su hija una persona perfecta y como Guyot no podía impartirle clases de inglés o de música, resolvió enviar a su hija a un internado donde las Ursulinas de Honfleur.

Ella aceptó sin rechistar. Suspiraba Félicité opinando que era la señora una desalmada. Y luego pensó que tal vez tenía razón. Aquellas cosas iban más allá de su competencia.

Finalmente, un día se paró frente a la puerta una vieja jardinera. Bajó de ella una religiosa que venía a buscar a la Señorita. Félicité subió las maletas encima de la cubierta, hizo unas recomendaciones al cochero y metió en el cofre seis botes de mermelada y una docena de peras con un ramillete de violetas.

En el último momento, prorrumpió en sollozos Virginie; abrazaba a su madre, quien la besaba en la frente repitiéndole:

–¡Venga! ¡Ánimo! ¡Ánimo!

Subieron el estribo y se fue el coche.

Luego, la Señora tuvo un desfallecimiento y por la noche todos sus amigos, los Lormeau, la señora Lechaptois, las señoritas Rochefeuille, el señor de Houppevill y Bourais acudieron a su casa para consolarla.

Al inicio, la ausencia de su hija le resultó muy dolorosa pero tres veces por semana recibía una carta de ella y el resto del tiempo le escribía, paseaba por el jardín, leía un poco y así, colmaba ella el vacío de las horas.

Por la mañana, entraba Félicité por costumbre en el aposento de Virginie y miraba las paredes. Echaba de menos no poder peinarla, atar sus botines, arroparla en su cama y no poder ver continuamente su linda cara o darle la mano cuando salían juntas. En sus momentos de ociosidad, intentaba hacer encaje de bolillos pero sus gruesos dedos rompían los hilos.

Estaba desganada, había perdido el sueño y como decía ella, estaba "desgastada".

Para "entretenerse", pidió permiso para recibir a su sobrino Victor.

Llegaba los domingos después de misa, las mejillas sonrosadas, desnudo cinturón para arriba y olía a campo por el que había venido. En seguida ponía la mesa. Almorzaban uno enfrente del otro. Ella comía lo menos posible para no gastar y lo atiborraba tanto de comida que acababa durmiéndose. Al oír el primer tañido de las campanas del atardecer lo despertaba, cepillaba su pantalón, le hacía el nudo de la corbata y con orgullo maternal acudía a misa del brazo de su sobrino.

Sus padres siempre le encargaban de sacar algo de su visita, sea un paquete de azúcar terciado, jabón, aguardiente e incluso, a veces, dinero. Le llevaba a su tía harapos para que los zurciese y aceptaba dicha labor que le obligaba a él a volver a verla.

En el mes de agosto, su padre lo llevó a bordo del buque de cabotaje.

Era temporada de veraneo. La llegada de los niños la consoló. Pero Paul se volvía caprichoso y Virginie ya no tenía edad para que uno la tutease, lo que creaba alguna molestia poniendo una barrera entre ellas dos.

Victor viajó sucesivamente a Morlaix, Dunkerque y Brighton y cuando regresaba, le ofrecía un regalo: la primera vez, fue una caja de conchas, la segunda, una taza de café y la tercera una galleta de jengibre con forma de monigote. Embellecía Victor, se había convertido en hombre de buena estatura, tenía algo de bigote, una mirada franca y un sombrerito de cuero que llevaba puesto hacia atrás como un piloto. Divertía a su tía contándole historias llenas de términos marinos.

Un día lunes, el 14 de julio de 1819 (a ella no se le olvidó la fecha), Victor le anunció que había sido contratado como marino de altura y que por la noche del día siguiente saldría de Honfleur por barco hasta Le Havre y de allí se embarcaría pronto en una goleta por tal vez un par de años.

La perspectiva de semejante ausencia afligió a Félicité y para despedirse de él nuevamente, el miércoles por la noche después de cenar la Señora, se calzó los zuecos y se tragó las cuatro leguas que separan Pont-l'Evêque de Honfleur.

Al llegar frente al Calvario, en lugar de torcer a la izquierda, torció a la derecha, se extravió en los astilleros y volvió sobre sus pasos; abordó a varias personas que le aconsejaron darse prisa. Dio la vuelta a la dársena llena de barcos, tropezaba con las amarras; luego iba descendiendo el terreno, se entrecruzaban luces y pensó que estaba loca al ver caballos en el cielo.

A orillas del muelle, asustados por el mar, relinchaban otros caballos. Un polispasto los levantaba y los bajaba en un barco en el que se atropellaban viajeros entre las barricas de sidra, las cestas de queso y los sacos de granos. Se oía el canto de las gallinas y echaba tacos el capitán mientras un grumete permanecía acodado en la serviola, indiferente a todo lo que le rodeaba. Félicité que no lo había reconocido pegaba gritos: "Victor!"; él levantó la mirada y se lanzó ella hacia él cuando de golpe quitaron la escalera.

El paquebote tirado de sirgas por mujeres que iban cantando, salió del puerto. Crujía la cuaderna y las pesadas olas golpeaban contra la proa. Dio bordadas el barco y en la superficie del mar plateado por la luna, solo se miraba una mancha negra que palidecía cada vez más. Se fue alejando el barco y desapareció.

Al pasar cerca del Calvario, quiso Félicité recomendar a Dios a quien más quería y rezó mucho tiempo, de pie, el rostro cubierto de lágrimas, mirando hacia las nubes. Dormía la ciudad, paseaban unos aduaneros y caían las aguas sin cesar por las compuertas de la esclusa con un estrepitoso ruido torrencial. El campanario dio las dos de la madrugada.

No estaría abierta la sala de visitas a esa hora y por supuesto un retraso de su parte preocuparía a la Señora. Pese a su deseo de abrazar a la niña, se decidió a volver a casa. Al entrar en Pont-l'Evêque, despertaban las mozas del albergue.

¡Así que iba a navegar durante meses el pobre muchacho! Sus viajes anteriores no la habían asustado. Inglaterra y Bretaña quedaban cerca pero América, las Colonias, las islas... todos esos lugares estaban perdidos en parajes inciertos al fin del mundo.

Desde entonces, solo pensó Félicité en su sobrino. Cuando hacía sol, le atormentaba el hecho de que tuviera sed; cuando había una tormenta, temía que fuera alcanzado por un rayo. Al oír bramar el viento por la chimenea llevándose las tejas de pizarra, lo imaginaba ella atrapado en la tempestad, arriba de un mástil roto, el cuerpo hacia atrás aprisionado entre las espumosas olas; o bien — recuerdos de la geografía ilustrada- se lo comían los salvajes, estaba cercado en la selva por unos monos o se estaba muriendo a lo largo de una playa desierta. Pero jamás hablaba de sus preocupaciones.

También las tenía la Señora Aubain por su hija.

Las monjas la encontraban cariñosa pero delicada. La más mínima emoción la irritaba. Tuvo que dejar el piano.

Su madre exigía del convento una correspondencia conforme a una agenda determinada. Una mañana no vino el cartero y se impacientó, caminaba por la sala, de la butaca en la que solía sentarse a la ventana. ¡Era algo verdaderamente extra-ordinario! ¡No tenía noticias de ella desde hacía cuatro días!

Y para que se consolara con su ejemplo, le dijo Félicité:

-En lo que a mí se refiere, hace más de seis meses que no tengo ninguna noticia.

- ¿Y de quién?...

- ¡Pues… de mi sobrino!

-¡Ah, su sobrino!

Encogiéndose de hombros, volvió a caminar la Señora Aubain, lo que quería decir "¡Ni me acordaba!... O ¡A mí que me importa! Un grumete, un patán ¡Vaya!... mientras que mi hija... ¡Imagínese!

Aunque criada con rudeza, estuvo indignada Felicité por las palabras de la Señora, y luego se le pasó.

Le parecía normal perder la cabeza con motivo de la niña.

Para ella, los dos hijos tenían la misma importancia. Un lazo muy fuerte les unía y había de ser idéntico el destino de cada uno de ellos.

El farmacéutico le informó a ella que el barco de Victor había llegado a La Habana. Había leído dicha noticia en una gaceta.

Solo conocía de Cuba los puros y se imaginaba La Habana como una ciudad en la que no se hace otra cosa que fumar y a Victor perdido en una nube de tabaco entre unos negros. ¿Podíase "en caso de necesidad" volver por tierra? ¿A qué distancia estaba La Habana de Pont-l'Evêque? Para saberlo, le preguntó al señor Bourais.

Alcanzó el atlas y comenzó a darle explicaciones sobre las longitudes. Tenía él una sonrisa de pedante ante el asombro de Félicité. Y finalmente, le indicó un punto negro, imperceptible entre las rasgaduras de una mancha ovalada y le dijo: "Allí está."

Se acercó ella al mapa; ese entramado de líneas de color le cansaba la vista sin entender nada. Bourais le pidió que le dijera lo que le molestaba y ella le rogó que le enseñara la casa en la que vivía Victor. Alzó los brazos al cielo Bourais, estornudó y rió mucho; semejante candor excitaba su alegría mientras Félicité no entendía el porqué. Debido a su cortedad de mente, ¡quizás incluso esperaba ver ella el retrato de su sobrino!

Quince días después, entró Liébard en la cocina como solía hacerlo los días de mercado y le dio a ella una carta de su cuñado. Ni uno de los dos sabía leer y por lo tanto recurrió ella a su ama.

La Señora Aubain que estaba contando los puntos de una prenda, la apartó, abrió la carta, sobresaltó y, con voz baja y mirada profunda, dijo:

-Acaba de ocurrir... una desgracia.

Su sobrino...

Había muerto. No se sabía más.

Abatida y apoyada la cabeza en el tabique, se dejó caer en una silla. Cerró los párpados que de súbito se volvieron color rosa. Agachada la frente, los brazos caídos y la mirada fija, repetía a intervalos:

-¡Pobre muchacho! ¡Pobre muchacho!

Liébard, afectado por la noticia, suspiraba. La Señora Aubain temblaba un poco.

Le propuso que fuera a ver a su hermana en Trouville.

Félicité le contestó con una mueca como para decirle que no hacía falta.

Hubo un silencio. Como buen hombre que era, Liebard juzgó oportuno retirarse.

Y añadió ella:

-¡A ellos no les importa la muerte de su hijo!

Volvió a bajar la cabeza y maquinalmente cogía de vez en cuando las largas agujas de hacer punto en la mesita de labores.

Pasaron por delante del patio unas mujeres con unas angarillas en las que estaba chorreando ropa recién lavada.

Al verlas por los cristales, recordó ella que no había terminado de hacer la colada; estaba la ropa sucia en aguas jabonosas y había que aclararla ese mismo día; y salió de la casa.

Su tabla y su barrica estaban a orillas del Toucques. Tiró en la orilla un bulto de camisas, se arremangó y cogió la pala. Los fuertes golpes que daba se oían desde los otros jardines de al lado. Estaban vacías las praderas y se agitaba el Toucques por el viento; al fondo, altas hierbas se inclinaban hacia el río tal como las cabelleras de cadáveres flotando en el agua. Contenía su dolor y hasta la noche se mostró muy valiente. Pero una vez en su cuarto, se dejó vencer, estaba en el colchón, boca abajo, la cara hundida en la almohada y los puños pegados a las sienes.

Mucho más tarde, se enteró de las circunstancias de su muerte por el propio capitán de Victor. Le habían hecho demasiadas sangrías, tenía fiebre amarilla. Lo sujetaban cuatro médicos. Había muerto de inmediato y había dicho el jefe:

-¡Vaya! ¡Uno más!

Siempre lo habían tratado sus padres con barbarie. Prefirió ella no recibirlos y ni se manifestaron ellos por olvido o dureza de la gente miserable.

Se debilitaba Virginie.

Le daba opresiones, toz, fiebre continua así como manchas violáceas que denotaban alguna afección profunda. El Señor Poupart había aconsejado a la familia que pasara ella una temporada en Provenza. Al fin se decidió la Señora Aubain y volvió su hija a casa sin los efectos del clima de Pont-l'Evêque.

Hizo un arreglo con un alquilador de coches que la llevaba al convento cada martes. En el jardín, hay una terraza desde la cual se percibe el Sena. Virginie paseaba por allí del brazo de ella caminando en las hojas de pámpano caídas. Algunas veces, el sol que traspasaba las nubes le obligaba a parpadear mientras miraba a los lejos las velas y el horizonte desde el castillo de Tancarville hasta los faros de Le Havre. Luego, descansábamos debajo del cenador.

Había conseguido su madre un pequeño tonel de un excelente vino de Málaga y riéndose ella solo de pensar en verse achispada, solo se bebía dos dedos y nada más.

Volvió a cobrar fuerza. Transcurrió el otoño con lentitud. Félicité tranquilizaba a la Señora Aubain. Pero una tarde en que había salido de compras no muy lejos, encontró delante de la puerta el cabriolé del Señor Poupart; estaba él en el vestíbulo. La señora Aubain estaba atando la cinta de su sombrero.

- Denme la estufilla, mi bolso y mis guantes, ¡Apúrense!

Tenía Virginie una fluxión de pecho; a lo mejor su estado era desesperado.

-¡Todavia no! -Dijo el médico.

Y los dos se subieron al coche; caían copos de nieve que se arremolinaban. Estaba anocheciendo y hacía mucho frío.

Félicité se precipitó hacia la iglesia para ponerle un cirio. Luego corrió tras el cabriolé que alcanzó una hora después; se subió a la parte trasera agarrándose a las barras en espiral cuando le vino a la mente la siguiente reflexión: ¡"No está cerrado el portón del patio! ¡Y si se metieran los ladrones?" Y se bajó del coche.

Al día siguiente, se presentó de madrugada en casa del médico. Había vuelto a casa y se había ido nuevamente a atender a sus pacientes por el campo. Luego, se quedó ella en el albergue pensando que unos desconocidos le traerían una carta y al amanecer, tomó el coche para Lisieux.

Estaba ubicado el convento al fondo de una callejuela escarpada. En medio de la calle, oyó extraños sonidos, algo como un tañido de campanas anunciando la muerte. "Pero no podía ser la de ella sino la de otros" pensó ella y Félicité golpeó con fuerza la puerta con la aldaba.

Al cabo de unos minutos, se oyó el roce de zapatos viejos de alguien que arrastraba los pies, se entornó la puerta y apareció una monja.

La religiosa con aire de compunción le dijo que "acababa de pasar a mejor vida" y al mismo tiempo sonaban las campanas de Saint-Léonard.

Se subió Félicité al segundo piso.

Desde el umbral del cuarto, vio a Virginie tendida en una cama, boca arriba, juntas las manos, con boca abierta y la cabeza hacia atrás detrás de una cruz negra que se inclinaba hacia ella, entre estáticas cortinas, menos pálidas que su rostro.

La señora Aubain, al pie de la cama, tenía estremecimientos de agonía. La superiora estaba de pie, a mano derecha. Tres candelabros en la cómoda formaban manchas rojas y la neblina blanqueaba las ventanas. Unas religiosas se llevaron a la Señora Aubain.

Se quedó Félicité junto con la muerta un par de días. Repetía las mismas oraciones, echaba agua bendita en las sábanas, volvía a sentarse y la contemplaba. Al terminar la primera vela, notó que se le había puesto amarillo el semblante, los labios los tenía azulados, la nariz fruncida y se le hundían los ojos. Los besó varias veces y no se habría sorprendido si los hubiera abierto nuevamente Virginie; para semejantes almas, lo sobrenatural es completamente natural. La lavó, la envolvió en su mortaja, la bajó en el ataúd, le puso una corona y ordenó su cabello.

Tenía el pelo rubio y muy largo para su edad. Felicité cortó un mechón y dejó caer la mitad en su pecho, decidida a no separarse de él nunca.

Llevaron el cuerpo de la niña a Pont-l'Evêque según la voluntad de la Señora Aubain que seguía la carroza fúnebre en un coche cerrado.

Después de misa, hubo que caminar tres cuartos de hora para alcanzar el campo santo. Paul caminaba por delante y estaba sollozando. El señor Bourais estaba detrás del coche fúnebre seguido de la mayor parte de los vecinos y de las mujeres que llevaban mantillas negras y entre ellas, estaba Felicité. Pensaba en su sobrino y como no pudo ella rendirle los mismos honores, se sentía aún más triste como si la hubieran enterrado con el otro.

La desesperanza de la Señora Aubain fue sin límites.

Al inicio se rebeló contra Dios, pensando que era injusto que le arrebatara a su hija - una niña que no conocía la maldad y cuya conciencia era tan pura-. Pero no, mejor se la hubiera llevado al sur de Francia. ¡Otros médicos la hubieran salvado! Se culpaba a sí misma, quería irse con ella, gritaba desamparada en medio de sus sueños. Uno de ellos en particular la obsesionaba. Su marido, vestido de marino, acababa de regresar de un largo viaje y le decía llorando que había recibido la orden de llevarse a Virginie. Luego se concertaban para encontrar un escondite.

Una vez volvió del jardín trastornada. Hacía poco (enseñaba el lugar), se le habían aparecido su marido junto con su hija; no hacían nada, solo mirarla a ella.

Durante varios meses no abandonó su aposento, estaba inerte. La sermoneaba Félicité con cariño; tenía que animarse, tenía otro hijo y debía hacerlo en memoria de "ella".

-"¿Ella?" – repetía la Señora Aubain como si despertara. ¡Ah! ¡Por supuesto! ¡Por supuesto que sí! ¡Usted no la olvida!

Era una alusión al campo santo que le estaba rotundamente prohibido.

Félicité iba cada día.

A las cuatro en punto, pasaba por las casas del pueblo, subía la cuesta, abría el portón y se presentaba delante de la tumba de Virginie. Era una pequeña columna de mármol color rosa con una lápida abajo y alrededor, unas cadenas cercaban un jardincito. Desaparecían las platabandas por el manto de flores que las cubrían. Regaba las flores, cambiaba la arena y se arrodillaba para remover mejor la tierra. Cuando pudo ir la Señora Aubain, experimentó ella un sentimiento de alivio y de consuelo o algo parecido.

Luego transcurrieron los años, todos idénticos, sin más episodios que la celebración ritual de las fiestas más importantes: la Pascua, la Asunción, el Día de todos los Santos. Acontecimientos interiores también fueron eventos que marcaban la vida de la casa y que se rememoraban. Por ejemplo en 1825, dos vidrieros encalaron el vestíbulo; en 1827, se cayó un pedazo del tejado y casi mató a un hombre en el patio. En el verano de 1828, le correspondió a la Señora ofrecer el pan bendito; por esa época, se ausentó Bourais misteriosamente y los antiguos conocidos se fueron poco a poco: Guyot, Liébart, la Señora Lechaptois, Robelin y el tío Gremanville, paralizado desde hacía mucho tiempo.

Una noche, el chofer del coche de correo anunció en Pont-L'Evêque la Revolución de Julio. Pocos días después, nombraron a un nuevo subprefecto: el barón de Larsonnière, antiguo cónsul en América. Vivían con él su mujer, su cuñada con tres "señoritas" ya bastante mayores. Podíase verlas en el césped, vestidas con blusas con vuelo; poseían un Negro y un loro. Visitaron a la Señora Aubain y a ella no se le olvidó devolver la visita de cumplido. Cuando las veía Félicité, aunque de lejos, acudía ella a darle la noticia a la Señora. Pero una sola cosa era capaz de conmoverla, las cartas de su hijo.

41

Este no podía seguir ninguna carrera de tan absorto que estaba en los cafetines. Le pagaba ella sus deudas y volvía él a contratar otras nuevas y los suspiros de la Señora Aubain que hacía punto cerca de la ventana llegaban hasta Félicité que manejaba el torno de hilar en la cocina.

Paseaban a lo largo del espaldar y siempre hablaban de Virginie, preguntándose si tal cosa le hubiera gustado y lo que probablemente hubiera dicho en tales circunstancias.

Todas las cosas de la niña estaban en un armario del aposento en que había dos camas. La Señora Aubain las revisaba lo menos posible y un día de verano, se resignó ella y salieron volando del armario unas mariposas.

Sus vestidos estaban alineados por debajo de una tabla en la que había tres muñecas, varios aros, un ajuar y la jofaina que usaba. Sacaron también las enaguas, las medias, los pañuelos y los tendieron en las dos camas antes de doblegarlos. El sol iluminaba esas cosas sin valor y hacía resaltar las manchas y pliegues formados por los movimientos del cuerpo. Estaba caliente y azul el aire, gorjeaba un mirlo, todo parecía encontrarse en una profunda mansedumbre. Volvieron a encontrar un sombrerito de peluche, con largos pelos, de color marrón pero estaba comido de miseria. Le pidió Félicité a la Señora si podía guardarlo. Se cruzaron sus miradas y se llenaron sus ojos de lágrimas. Abrió los brazos el ama y se echó en brazos de ella, la criada; luego se fundieron en un abrazo que satisfacía así su dolor y hacía que se consideraran iguales.

Era la primera vez que tal cosa ocurría. Al no tener un carácter expansivo, le agradeció Félicité el gesto como si se tratara de una buena acción y a partir de ese momento, la quiso con bestial devoción y veneración religiosa.

Fue creciendo en ella un sentimiento de bondad.

Cuando oía por las calles los tambores de un regimiento en marcha, se ponía en el umbral de la puerta con una jarra de sidra y ofrecía una copa a los soldados. Atendía a unos coléricos. Protegía a los polacos e incluso uno de ellos le confesó que quería casarse con ella. Pero se enemistaron; pues una mañana, al volver de la iglesia, lo encontró en la cocina en la que se había metido y estaba comiendo con toda tranquilidad un plato a la vinagreta que se había preparado.

Después de los polacos, se preocupó por el tío Colmiche, un viejo que pasaba por haber cometido horrores en el 93. Vivía a orillas del río, en los escombros de una pocilga. Los chiquillos lo miraban por las grietas de los muros y le tiraban piedras que caían sobre su camastro en el que yacía, continuamente sacudido por un catarro; tenía el pelo muy largo, los párpados inflamados y un tumor en el brazo más voluminoso que su cabeza. Ella le dio ropa, intentó limpiar el cuchitril en el que vivía y soñaba con colocarlo en el amasadero sin que molestara a la Señora. Cuando reventó el cáncer, cada día le puso en la llaga un apósito y algunas veces le llevaba tortas, lo sentaba en una paca de paja bajo el sol; y el pobre viejo, babando y temblando, le daba las gracias con su voz apagada. Temía perderla y en cuanto la veía alejarse tendía las manos hacia ella. Murió el viejo e hizo ella que se celebrase una misa para que en paz descansase su alma.

Ese día fue de gran felicidad: en el momento de la cena, se presentó el Negro de la Señora de Larsonnière, con el loro enjaulado, la percha, la cadena y un candado. Un billete de la baronesa le anunciaba a la Señora Aubain que habían ascendido a su marido a prefecto y que se iban ellos esa misma noche y le rogaba que aceptase el pájaro como recuerdo y muestra de respeto.

El pájaro ocupaba la imaginación de Félicité desde hacía mucho tiempo pues venía de América y esa palabra le recordaba a Victor de tal forma que pidió saber más acerca del loro con el Negro. Y una vez incluso había dicho ella:

-¡Estaría muy contenta la Señora si pudiera tenerlo!

El Negro se lo había repetido a su ama, quien, al no poder llevárselo, se deshacía de él de esa manera.

IV

Se llamaba Loulou. Tenía el cuerpo verde, la extremidad de las alas color rosa, la frente azul y el cuello dorado.

Pero tenía la mala costumbre de morder la percha, se arrancaba las plumas, esparcía las mondaduras, derramaba el agua de la bañera; la Señora Aubain a quien molestaba lo regaló para siempre a Félicité.

Esta se propuso instruirlo y poco tiempo después repitió: " ¡Qué buen mozo! ¡Su servidor, señor! ¡Dios te salve María!" Lo habían puesto cerca de la puerta, en el rincón de la escalinata y a mucha gente le extrañaba que no contestara al decirle "Jacquot" ya que todos los loros se llaman "Jacquot". ¡Lo comparaban con una pava o un leño! ¡Otras tantas puñaladas para Félicité! Y tenía él una extraña manía: ¡no hablaba cuando uno lo miraba!

No obstante, buscaba tener compañía dado que los domingos mientras conversaba la Señora con las señoritas Rochefeuille, el Señor de Houppeville y nuevos asiduos y jugaban a las cartas Onfroy el boticario, el Señor Varin y el capitán Mathieu, el loro se ponía a golpear los cristales con sus alas y se agitaba con tanto furor que era imposible seguir una conversación.

Seguro que el semblante de Bourais le parecía muy divertido. En cuanto lo veía, empezaba a reír, a desternillarse de risa. El estruendo de su voz se repercutía por el patio, lo repetía el eco, los vecinos se asomaban a las ventanas y también se ponían a reír; y para que no lo viera el loro, el Señor Bourais se colaba a lo largo del muro disimulando su perfil con el sombrero, alcanzaba el río y luego entraba por la puerta del jardín y las miradas que le echaba al pájaro carecían de cariño.

Por meter su cabeza en una cesta, había recibido Loulou del dependiente de la carnicería un capirotazo y, desde ese momento, siempre intentaba pellizcarle con el pico. Y amenazaba Fabu con torcerle el cuello aunque no era cruel a pesar de los tatuajes en los brazos y las grandes patillas que lucía. Por el contrario, tenía más bien cierta inclinación por el loro y cuando estaba de humor jovial incluso quería enseñarle tacos. Félicité lo dejó en la cocina porque a ella le asustaba sus malas maneras. Le quitó la pequeña cadena y andaba suelto por la casa.

Cuando bajaba la escalera, apoyaba el loro la curva del pico en los peldaños, levantaba la pata derecha luego la izquierda; y ella temía que semejante gimnasia le provocase mareos. Se puso enfermo: no podía ni hablar ni comer. Por debajo de la lengua, tenía un grosor como lo tienen a veces las gallinas. Lo curó quitándole ese pellejo con las uñas. Un día, el Señor Paul tuvo la imprudencia de echarle el humo de un puro en las ventanillas de las narices; otro día en que la Señora Lormeau lo molestaba con la punta de su sombría, atrapó la virola y al final se perdió.

Lo había dejado Félicité en el césped para que se refrescara y se ausentó un instante y al volver ella ¡ya había desaparecido el loro! Primero lo buscó por entre los matorrales, luego a orillas del río y en los tejados sin escuchar a su ama que le decía a gritos:

-¡Cuidado! ¡Usted está loca!

Después inspeccionó todos los jardines de Pont-L'Evêque y paraba a los transeúntes preguntándoles:

-¿No habría visto por casualidad a mi loro?

A quienes no conocían al loro, les hacía la descripción. De repente, pensó distinguir detrás de los molinos, cuesta abajo, algo verde que revoloteaba. Pero cuesta arriba, ¡Nada! Un carretero afirmó que lo había encontrado hace poco en Melaine, en la tienda de la señora Simon. Corrió a buscarlo. Nadie entendía lo que quería decir. Al final volvió a casa, agotada, sus zapatos viejos hechos jirones, con pena en el alma; y sentada en un banco, junto a la Señora, le contaba todo lo que había hecho por encontrarlo cuando un peso leve cayó en su hombro: ¡Loulou! ¡Qué diablos había hecho? ¡A lo mejor había dado un paseo en los alrededores de la casa!

Le costó recuperarse o mejor dicho nunca se recuperó.

A consecuencia de un resfrío, cogió una angina; poco tiempo después, una dolencia en el oído. A los tres años, se había vuelto sorda y hablaba alto y fuerte incluso en la iglesia. Aunque sus pecados hubieran podido difundirse por toda la diócesis sin que afectaran su honor, el señor cura juzgó conveniente recibir sus confesiones tan solo en la sacristía.

Ilusorios zumbidos acababan de perturbarla. Muchas veces le decía su ama:

 -¡Dios mío! ¡Qué tonta es usted!

Y replicaba ella:

-Sí, Señora –buscando algo alrededor suyo.

El pequeño círculo de sus ideas se estrechó aún más y ya no existían el carillón de las campanas ni el mugido de los bueyes. Todos los seres funcionaban con el silencio de los espectros. Tan solo un solo ruido llegaba a sus oídos: él del loro.

Como para distraerla, reproducía el tic tac del asador, la voz aguda de un vendedor de pescado, la sierra del ebanista que vivía enfrente y cuando sonaba el timbre, imitaba a la Señora Aubain:

-¡Félicité! ¡Llaman a la puerta! ¡Llaman a la puerta!

Dialogaban; él soltando hasta la saciedad las tres frases de su repertorio y ella contestando sin ton ni son pero con palabras que le permitían desahogarse. En su aislamiento, Loulou era para ella casi como un hijo o un novio. Escalaba sus dedos, mordisqueaba sus labios, se agarraba a su pañoleta y como inclinaba la frente moviendo la cabeza a la manera de una nodriza, las largas alas del gorro y las del pájaro temblaban al mismo tiempo.

Cuando se acumulaban las nubes y bramaba el trueno, pegaba gritos el loro recordando tal vez los chaparrones de sus selvas natales. Excitaba su delirio el chorreo de las aguas; desesperado, revoloteaba, se subía al techo, lo tiraba todo y salía por la ventana; chapoteaba en el jardín pero pronto volvía y se posaba en uno de los morillos y daba saltitos para secarse las plumas y una veces enseñaba la cola y otras el pico.

Un mañana del terrible invierno de 1837 lo había puesto ella delante de la chimenea por el frío que hacía y lo encontró muerto en medio de la jaula, la cabeza hacia abajo y las garras en los alambres. Seguro que lo había matado una congestión. Ella pensó que lo habían envenenado con perejil y a pesar de no tener prueba alguna, sospechó de Fabu.

Tanto lloró ella que su ama le dijo:

-¡Pues bien! ¡Haga que lo disequen!

Le pidió consejo al boticario que siempre había sido bueno con el loro.

El mandó una carta a un tal Fellacher que vivía en Le Havre y éste aceptó dicho trabajo. Pero como la diligencia perdía a veces los paquetes, se decidió a llevarlo ella misma hasta Honfleur.

Los manzanos sin hojas se sucedían a orillas de la carretera. Quedaban cubiertas las cunetas por una capa de hielo. Ladraban los perros alrededor de las fincas y caminaba rápidamente ella en medio de la carretera adoquinada.

Atravesó el bosque, dejó atrás Haut-Chêne y alcanzó Saint-Gatien.

Detrás de ella, arrastrado por la bajada, avanzaba en tromba un coche correo a galope tendido levantando una polvareda. Al ver a esa mujer que no se movía, el cochero se salió de la capota irguiéndose y también pegaba gritos el postillón mientras los cuatro caballos que no podía detener aceleraban su carrera; los dos primeros la rozaron y un traqueteo hizo que el chofer soltara las riendas pero furioso, volvió a levantar el brazo y dándole fuerte con su látigo de cochero, la fustigó del vientre al moño de tal manera que cayó de espaldas.

Al recobrar el conocimiento, el primer gesto que hizo fue de abrir su cesta. Por suerte Loulou no tenía nada. Sintió una quemadura en la mejilla derecha, la tocó y se dio cuenta de que tenía las manos rojas. Chorreaba sangre.

Se sentó en el suelo pedregoso, taponó la cara con un pañuelo y luego comió un pedazo de pan que había puesto en la cesta por si acaso; se consolaba de su herida mirando el pájaro.

Una vez llegada a los altos de Ecquemauville, atisbó las luces de Honfleur que centelleaban en la noche como un sinfín de estrellas; más allá, se extendía el mar de manera confusa. Entonces sintió una debilidad y se detuvo; la miseria de su infancia, su primera decepción amorosa, la partida de su sobrino y la muerte de Virginie le vinieron a la mente tal como el oleaje de la marea y experimentó ella una sensación de ahogo.

Luego quiso hablar con el capitán del barco y sin revelar lo que mandaba, le hizo unas recomendaciones.

Fellacher guardó durante mucho tiempo el loro. Siempre prometía mandárselo para la semana siguiente; a los seis meses, anunció el envío de una caja y luego dijo que no. Era de creer que nunca volvería Loulou. "¡Me lo habrán robado!"- pensaba ella.

Por fin llegó, - y espléndido, erguido sobre la rama de un árbo que se atornillaba en un pedestal de caoba, con una pata levantada, la cabeza oblicua y mordiendo una nuez que el disecador, por amor a lo grandioso había pintado de orc.

Lo encerró en su cuarto.

Ese lugar en el que admitía a poca gente se parecía a la vez a una capilla y a un bazar por los muchos objetos religiosos y cosas heteróclitas que en él había.

A duras penas se abría la puerta por la presencia de un armario voluminoso en la entrada. Frente a la ventana que dominaba el jardín, un ojo de buey daba al patio; en una mesa cerca del catre de tijera, había una jarra de agua, dos peines y un cubo de jabón azul en un plato desportillado. En las paredes había rosarios, medallas, varias Vírgenes y una pila de nuez de coco; en el aparador cubierto de una sábana como un altar, se encontraba la caja de conchas que le había regalado Victor; más lejos una regadera, una pelota, unos cuadernos de escritura, un libro de geografía ilustrada y unos botines; y colgado del clavo del espejo con cintas, estaba el sombrerito de peluche. ¡Su respeto por las cosas antiguas iba tan lejos que había conservado levitas del Señor! Todas las antiguallas que ya no quería la Señora Aubain, las guardaba ella en su cuarto. Por eso había flores artificiales en el borde del aparador así como el retrato del conde de Artois en el hueco del tragaluz.

Mediante una tablilla, colocó a Loulou en el cuerpo de la chimenea que sobresalía. Así, cada mañana, al despertarse, lo veía cuando aclaraba y entonces recordaba los días que ya no vuelven así como insignificantes acciones incluso en los detallas mas ínfimos, sin dolor, llena de sosiego.

No se comunicaba con nadie, vivía en un letargo de sonámbula. Las procesiones de Corpus Christi volvían a darle ánimo. Iba a buscar en casa de las vecinas candelabros y felpudos con el fin de embellecer el altar de estación que se colocaba en la calle.

En la iglesia, siempre contemplaba al Espíritu Santo y notó que tenía algo del loro. El parecido que tenía con él le pareció aún más notorio en una estampa que representaba el bautismo de Nuestro Señor. Con sus alas de color de púrpura y su cuerpo de esmeralda era el mero retrato de Loulou.

Tras comprarla, la colgó en lugar del conde de Artois de suerte que con solo echar un simple vistazo los miraba juntos. Ella los asoció en sus pensamientos y el loro se encontró santificado por su relación con el Espíritu Santo que se hacía, según ella, más vivo e inteligible. El Padre, para comunicar, no había podido escoger una paloma dado que esos animales no tienen voz pero más bien uno de los ancestros de Loulou. Y rezaba Félicité mirando la imagen pero de vez en cuando se fijaba un poco en el pájaro.

Quiso ingresar en la Orden de las señoritas de la Virgen. La Señora Aubain la disuadió de hacerlo.

Y surgió un acontecimiento importante: el casamiento de Paul.

Después de oficiar como pasante, luego en el comercio, en aduanas, en Hacienda, incluso había emprendido trámites para trabajar en la administración de Montes, de repente, a los treinta y seis años de edad había descubierto su camino por inspiración divina: ¡La contaduría de la administración de contribuciones directas! Y mostraba tan grandes disposiciones en el oficio que un auditor contable le había propuesto que se matrimoniara con su hija, ofreciéndole protección.

Paul se había vuelto serio y llevó a su novia a casa de su madre.

Esta denigró las costumbres de Pont-l'Evêque, se las dio de princesa, hirió a Félicité y al irse ella, sintió la Señora Aubain un alivio.

A la semana siguiente, se supo que el Señor Bourais había muerto en un albergue de la Baja Bretaña. Se confirmó el rumor del suicidio y crecieron las dudas acerca de su probidad. La Señora Aubain examinó sus cuentas y no tardó en conocer la retahíla de sus maldades: malversaciones de atrasos de rentas, venta disimulada de leña, recibos etc. Además, tenía un hijo natural y "relaciones con una persona de Dozulé".

Esas infamias la afligieron mucho. En marzo de 1853, le agarró una dolencia en el pecho; su lengua parecía cubierta de humo, las sanguijuelas no calmaron la opresión que sentía y el noveno día murió; acababa de cumplir setenta y dos anos.

Parecía menos vieja por su cabello castaño cuyas cintas envolvían su maciento rostro, marcado por la viruela. Pocos amigos la echaron de menos debido a su trato altanero que alejaba a la gente.

Félicité la lloró aunque no se llora a los amos. Que falleciera la Señora antes que ella, eso perturbaba sus ideas, le parecía contrario al orden de las cosas, inadmisible y monstruoso.

A los diez días (el tiempo necesario para llegar de Besarçon) se presentaron los herederos. La nuera rebuscó en las gavetas, escogió unos muebles, vendió otros y luego volvieron a la contaduría.

Se habían llevado la butaca de la Señora, su velador, su estufa y las ocho sillas. En lugar de los grabados, quedaban cuadrados amarillos en medio de los tabiques. Se habían ido con las dos camas, las colchas y en el armario habían desaparecido todas las cosas de Virginie. Félicité subió hasta arriba llena de tristeza.

Al día siguiente, había en la puerta un cartel; el boticario le gritó al oído que se vendía la casa.

Titubeó y tuvo que sentarse.

Lo que le afectaba más era de dejar su cuarto – ¡tan cómodo para el pobre Loulou! Imploraba el Espíritu Santo con una mirada de angustia y contrajo la costumbre idólatra de rezar arrodillada delante del loro. Algunas veces, el sol que entraba por el tragaluz iluminaba su ojo de vidrio y surgía un gran rayo luminoso que la ponía en éxtasis.

Tenía una renta de trescientos ochenta francos que le había legado su ama. El jardín le daba verduras. En cuanto a la ropa, tenía con que vestirse hasta su último suspiro y ahorraba la electricidad acostándose al anochecer.

Poco salía ella para evitar la tienda del chamarilero en que estaban expuestos algunos de los antiguos muebles de su ama. Desde el mareo que había tenido, arrastraba una pierna y al menguar sus fuerzas, la señora Simon cuya tienda de abarrotes estaba en quiebra, venía cada mañana a partir leña y a sacar agua del pozo.

Se debilitó su vista. No se abrían las persianas. Transcurrieron muchos años. Y la casa ni se alquilaba ni se vendía.

Temiendo que la despidieran, Félicité no quería que se hiciera ninguna reforma. Las tablas del tejado se estaban pudriendo; a lo largo de todo un invierno, estuvo mojado su travesaño. Tras la Pascua, escupió sangre.

Entonces la señora Simon llamó a un médico. Félicité quiso saber lo que tenía. Pero demasiado sorda para oír, solo le vino al oído una palabra:"neumonía". La conocía y replicó suavemente: ¡Ah, como la Señora! Encontrando ella natural seguir los pasos de su ama.

Se aproximaba el periodo en que se colocaban los altares de estación.

El primero siempre se disponía cuesta abajo, el segundo frente a la casa de Correos y el tercero en medio de la calle. Surgieron rivalidades a propósito de éste último y al fin escogieron las feligresas el patio de la Señora Aubain.

Aumentaban las opresiones así como la fiebre. A Félicité le apenaba no participar en la instalación del altar de estación. ¡Si al menos hubiera podido poner algo en él! Entonces pensó en el loro. No era conveniente, objetaron las vecinas. Pero el

cura accedió; tan contenta se puso ella que le rogó que acep-
tara, una vez muerta, a Loulou, su única riqueza.

Del martes al sábado, víspera de Corpus Christi, tosió más a
menudo. Por la noche, se notaba en su cara que estaba gripo-
sa, los labios se pegaban a las encías y surgieron vómitos y al
amanecer del día siguiente, sintiéndose muy mal, hizo llamar
a un sacerdote.

Tres mujeres la rodeaban durante la extremaunción. Luego
declaró que necesitaba hablar con Fabu.

Llegó él, endomingado, incómodo en esa atmósfera lúgubre.

 -Perdóneme - dijo ella haciendo un esfuerzo para tender el
brazo - pensaba yo que era usted quien lo había matado

¿Qué significaban semejantes cotilleos? ¡Haberlo sospechado
de cometer un crimen! ¡Un hombre como él! Y se indignaba
dispuesto a hacer un escándalo.

-¡Bien ve usted que ha perdido la cabeza!

De vez en cuando, hablaba Félicité con unas sombras. Se ale-
jaron las señoras. Almorzó la señora Simonne.

Un poco más tarde, cogió a Loulou y acercándolo a Félicité:

-¡Venga! ¡Dígale adiós!

Aunque un cadáver no era, lo devoraban los gusanos; estaba
rota una de sus alas y le salía la estopa de la panza. Pero ya
ciega, lo besó en la frente y lo mantenía pegado a su carrillo.

Volvio a cogerlo la señora Simonne para colocarlo en el altar de estación.

V

Despedían los pastizales el olor del verano; zumbaban las moscan; el sol iluminaba el río y calentaba las pizarras. La señora Simonne que había vuelto al cuarto de ella se acormecía poco a poco.

La despertó el sonido de las campanas. Salía la gente del oficio de la noche. Cesó el delirio de Félicité. Pensando en la procesión, la imaginaba como si la hubiera seguido.

Todos los niños de las escuelas, los chantres y los bomberos caminaban en las aceras mientras que en mitad de la calle avanzaban, en primer lugar: el oficial de la Guardia Suiza equipado con su alabarda, el macero con una cruz grande, el maestro vigilando a los niños, la religiosa preocupada por sus niñas; las tres más monas, el cabello rizado como unos ángeles, tiraban pétalos de rosas; el diácono, abiertos los brazos, dirigía la música; y a cada instante, dos incensadores volvíanse hacia el Santísimo Sacramento que llevaba el Señor cura -que lucía una hermosa casulla- bajo un palio de terciopelo punzó sostenido por cuatro fabriqueros. Detrás, una apretada multitud avanzaba entre los manteles blancos que cubrían los muros de las casas y llegaron cuesta abajo.

Un sudor frío mojaba las sienes de Félicité. La señora Simonne la enjugaba con un paño pensando en sus adentros que algún día le tocaría a ella.

Creció el murmullo de la muchedumbre, fue muy fuerte en un momento dado y luego iba alejándose.

Un tiroteo hizo temblar los cristales. Eran los postillones que saludaban el ostensorio. Félicité hizo movimientos con los ojos y dijo lo menos bajo que pudo:

-¿Se ve bien? -Atormentada por el loro.

Comenzó su agonía. Un estertor cada vez más acelerado le levantaba las costillas. Le salía la baba a borbollones por entre las comisuras de los labios y le temblaba todo el cuerpo.

Poco tiempo después, se oyó el ronquido de los figles, las claras voces de los niños y la voz profunda de los hombres. Se imponía el silencio a intervalos y el murmullo de los pasos amortiguado por las flores parecía el ruido de un rebaño en el césped.

Apareció el clero en el patio. Se subió la señora Simonne a una silla para alcanzar el ojo de buey y así dominar el altar de estación.

Unas guirnaldas verdes caían del altar adornado con volantes con punto de Inglaterra. En medio había un marco en el que se encontraban reliquias, en cada extremidad había dos naranjos y a lo largo del altar, candelabros de plata y floreros de porcelana de donde se alzaban girasoles, azucenas, peonías, digitales y manojos de hortensias. Ese montón de co ores resplandecientes bajaba de forma oblicua desde el primer piso hasta la alfombra y se estiraba hasta el adoquinado y cosas raras llamaban la atención: un azucarero de plata dorada llevaba una corona de violeta, unos colgantes de piedras de Alençon brillaban encima de bolsitas de espuma y dos mamparas chinas mostraban sus paisajes. Loulou, escondido detrás de unas rosas, solo dejaba ver su frente azul semejante a una placa de lapislázuli.

Los fabriqueros, los chantres y los niños formaron tres filas en el patio. El sacerdote subió los escalones lentamente y colocó en el encaje el gran sol de oro que resplandecía. Se arrodillaron todos y hubo un gran silencio. Y al echar los incensarios a vuelo, éstos deslizaban por las cadenillas.

Un vapor azul subió hasta el cuarto de Félicité. Acercó las narices oliéndolo con una sensualidad mística y luego cerró los ojos. Sonreían sus labios. Los latidos de su corazón se hicieron cada vez menos frecuentes, cada vez más imprec sos y suaves como una fuente que se agota, como un eco que desaparece y cuando exhaló el último suspiro, pensó ver, en el cielo entreabierto, un gigantesco loro que se cernía encima de su cabeza.

INDICE

www.ingramcontent.com/pod-product-compliance
Lightning Source LLC
Chambersburg PA
CBHW030135260626
47156CB00008B/2954